LE CLAIRON-GUERRIER

(Badinage patriotique)

Certaines gens ne voient point qu'il y a de bonnes raisons pour déclarer la guerre à la Prusse.

Ces gens sont aveugles. Au lieu d'être transparent, leur cristallin est opaque. Fort heureusement, cette cécité n'est pas incurable. Pour que leur cristallin devienne aussi transparent que le mien, il suffit qu'ils lisent mon *Clairon*. J'en donne un exemplaire à moitié prix si le premier qui emploiera ce remède ne dit pas aux autres : *J'étais aveugle; maintenant je vois, et ça ne m'a coûté que cinq centimes, tout compris.*

—o—

Il y avait autrefois une femme qui, en l'état de grossesse, a eu l'envie de recevoir des coups de cravache. Cette femme l'a dit à son mari ; ce mari a consulté un médecin, et celui-ci a conseillé de cravacher Madame, de peur que cette vilaine envie non satisfaite n'imprime à perpétuité une cravache sur l'une des joues de l'enfant.

Quand Notre Patrie a aussi une envie excentrique, n'est-il pas prudent de se demander ce qui arriverait si son envie n'était pas satisfaite?

En ce moment, la Révérende Mère de tous les Français a envie de voir massacrer une bonne partie de ses enfants. Elle ne l'a pas dit à son mari, — vu qu'elle n'a pas de mari —; mais elle l'a fait imprimer et répandre de tous côtés. Voici, à ce sujet, comment elle parle dans les journaux qu'elle inspire :

« On fait savoir à toute ma progéniture, que depuis 13 ans l'on n'a pas fait grand'chose pour régaler mes entrailles de mère. Qu'est-ce qu'une guerre en Tunisie où mes enfants ne périssent que par centaines? Qu'est-ce qu'une guerre en Chine où il ne périt que des Chinois! Pour assouvir l'envie qui me dévore; pour repaître mon cœur maternel d'un spectacle enchanteur, il faut faire une guerre où je verrai tuer mes enfants par centaines de mille. Boumm! »

Qu'arriverait-il si l'on n'assouvissait pas l'envie de Notre Révérende Mère! Ne s'exposerait-on pas à voir toute sa progéniture future, bariolée de boulets sur la joue gauche, d'obus sur la joue droite, de baïonnettes sur le front, etc....?

—o—

Il est bien certain que l'armée tout entière veut aller courtiser les *Gretchenn*. Comment le pourrait-elle si on l'obligeait toujours à rester dans les casernes ? — On me dira qu'après leurs cinq ans de services les ex-soldats ont le droit d'aller courtiser les *Gretchenn;* mais, en dehors du service, le gouvernement ne paie pas les frais du voyage. Ceux qui n'ont pas d'argent seraient donc à jamais privés de *Gretchenn*. Quant aux autres, ils ne trouveraient pas autant de facilité en temps de paix qu'en temps de guerre. En temps de paix l'on ne peut courtiser les *Gretchenn,* que si elles le veulent bien; tandis qu'en temps de guerre on leur fait quelquefois subir la loi du vainqueur.

—o—

Si l'on déclarait la guerre à la Prusse, il serait bien plus facile aux soldats de passer sergents; aux sergents de passer lieutenants; et aux capitaines de passer commandants et de boire du Champagne pour faire vivre les Champenois.

—o—

Si la France déclarait la guerre à la Prusse, l'on brûlerait peut-être des villages par-ci, des villages par-là, et des villages par-tra, *fouchtra!* Ce genre d'illumination ferait aller l'industrie du bâtiment, et quand le bâtiment va, tout va. C'est un Auvergnat qui l'a dit, et les Auvergnats sont pleins d'esprit.

— o —

Parmi les pères qui ont des enfants en âge de se marier, il y en a des milliers qui ne peuvent pas leur faire des dots convenables à leurs rangs. Eh bien! si l'on déclarait la guerre à la Prusse, un certain nombre de leurs garçons seraient tués; en partie, les amoureuses de ces garçons resteraient filles; et, n'ayant pas à doter les filles qui coiffent sainte Catherine, ni les garçons qui sont dans le royaume de Pluton, plus d'un de ces pères pourraient faire à leurs autres enfants des dots convenables à leurs rangs.

Et j'oublie de dire qu'avec le sang de leurs enfants tués, ces pères pourraient faire du boudin, ou fumer leur potager.

— Tel est ce que j'avais à dire à ces aveugles qui ne voient point qu'il y a de bonnes raisons pour attaquer la Prusse. Tel est ce que j'ai déjà dit plusieurs fois au Gouvernement.

Mais le Gouvernement ne veut pas déférer à ma volonté nationale. Tous les ministres, il est vrai, me saluent bien respectueusement ; tous les ministres, il est vrai, reconnaissent que j'ai raison. Mais, tout en me donnant raison, tout en me saluant jusqu'à terre, ils paraissent vouloir remettre cette affaire, non pas au lendemain, ni à l'année prochaine, mais aux calendes grecques. Hélas ! le gouvernement d'aujourd'hui se rappelle peut-être qu'en juillet 1870, très peu d'hommes ont parlé contre la guerre dont il a été question alors, et que néanmoins le gouvernement d'alors est devenu impopulaire parce qu'il l'a faite.

C'est vraiment dommage que M. Gambetta soit mort ! Ce ne serait pas lui qui refuserait de marcher sur un terrain glissant, allez. Il avait trop d'esprit pour avoir peur de tomber. Et quand il était tombé en marchant sur un terrain glissant, il savait se relever en démontrant qu'il était tombé par le faute du cléricalisme. Ah ! c'était un foudre d'éloquence que ce guerrier justement surnommé le Roi des Gascons ; et le peuple Français a très bien fait en lui donnant après sa mort, une rue à Marseille, une rue à Lille, un boulevard à Tourcoing, et une statue je ne sais où. Il était bien venu de tout le monde, excepté des cléricaux. Encore y a-t-il un pays où ils lui ont accordé leur protection. Notre Révérende Mère Patrie a fait une grande perte en le perdant, allez ; et la Prusse se sent beaucoup plus à l'aise depuis la mort de ce génie, qui lui a donné tant de fil à retordre par des discours stratégiques du premier numéro.

—o—

Puisque notre grand-homme n'est plus, tâchons de faire sans lui jusqu'au jour de sa résurrection.

Qu'est-ce qu'on peut encore dire au gouvernement, pour l'exciter à déclarer la guerre à la Prusse ?

D'abord, on peut lui dire : Les journaux royalistes ne voudraient pas profiter d'une défaite pour faire mettre leur roi à votre place, puisqu'ils excitent leurs lecteurs à être ennemis de la Prusse. Les journaux royalistes seraient avec vous dans la bonne comme dans la mauvaise fortune. Et, bien loin de dire encore que vous êtes des croque-sous, ils diraient qu'en faisant tuer beaucoup de soldats, vous en aurez beaucoup moins à nourrir. En vous voyant pratiquer leur système d'économie, les journaux royalistes seraient flattés dans leur amour-propre, allez.

—o—

On peut dire aussi au Gouvernement, et d'un petit air menaçant : « Obéissez-nous ! Nous ne sommes peut-être pas, il est vrai, plus de 200.000 hommes et 50 femmes qui voulons la guerre ; mais, puisque ceux qui aiment mieux la paix n'osent pas le dire tout haut, il n'y a pas d'autre volonté nationale que la nôtre ! Entendez-vous c' que j' vous dis ? »

—o—

Et moi je lui dis au Gouvernement : « Attaquez la Prusse ; vous remporterez la victoire si vous n'êtes pas trahi. Après la bataille, je vous prouverai que ma prédiction s'est accomplie en tous points. »

—o—

Si les amoureuses avaient demandé qu'on ne tue pas les amoureux, pourquoi ne dirait-on pas au Gouvernement : « N'écoutez pas la requête de ces bavardes ; engagez-les plutôt à acheter et à lire le *Clairon-Guerrier*, afin qu'elles connaissent les nécessités de la politique? »

—o—

Post-scriptum (confidentiel). — Nous n'avons pas un fameux gouvernement, allez. Il donne beaucoup d'argent où il n'est pas nécessaire de donner cinq centimes, et il ne donne rien où il est nécessaire de donner beaucoup. Ainsi, par exemple, au lieu de subventionner l'Opéra, ne ferait-il pas mieux de subventionner mon *Clairon*, hein? Avec les 800.000 francs qu'il donne aux sauteuses et aux goualeuses, je répands mon *Clairon* partout; tout le monde veut que le Gouvernement déclare encore la guerre à la Prusse; à moins que nous ne soyons encore trahis, nous triomphons sur toute la ligne; et le cœur maternel de la Patrie est satisfait; les pères de famille qui avaient beaucoup d'enfants à doter sont satisfaits; les marchands sont satisfaits; tout le monde est content, et moi je passe à l'immortalité. — *Amen*.

Faits divers et autres choses sur le même sujet.

Dans ses *Impressions de voyage de Paris à Cadix* (3ᵉ lettre), M. Alexandre Dumas a dit que « sous le rapport de la langue et du costume, rien n'est moins le compatriote d'un Alsacien qu'un Basque et même un Gascon. » — Il n'a parlé, il est vrai, ni des mœurs, ni de la bière, ni de la choucroûte ; mais il en a dit assez pour qu'on le classe parmi les gens qui n'ont pas de patriotisme. En conséquence, tous les bons Français mettront à l'index les ouvrages de ce gros garçon. Il n'a d'ailleurs rien fait qui vaille autant que mon *Clairon*.

—o—

Deux hommes de lettres prussiens, en ce moment voyageant en France, font tout ce qu'ils peuvent pour prendre leurs repas dans la compagnie de Français, afin de savoir si les habitants de notre pays mangent tous les canards qu'on leur sert.

Ces deux Messieurs sont arrivés à Lille depuis quelques jours. Il faut croire que le patriotisme lillois est bien baissé, car ils ont été admis dans la pension du restaurateur Alphonse-Jean-Louis Vilain, rue du Tonkin, n° 254.831. A plusieurs de ses pensionnaires qui lui demandaient de renvoyer ces deux teutons, ce vilain restaurateur a répondu, et avec impertinence : « Les Français qui vont en Prusse peuvent compter les canards qu'on y mange; pourquoi les Prussiens qui viennent en France ne pourraient-ils pas compter les canards que vous y mangez?

Ce vilain restaurateur se trompe. Le zèle patriotique de la nation prussienne est plus vigoureux que le nôtre. Les écrivains français qui voyagent en Prusse ne sont admis à aucune table d'hôte, ni à aucune pension. Aussi ne peuvent-ils pas nous dire si les prussiens mangent tous les canards qu'on leur sert.

— o —

« M. de Bismarck n'aime pas les Parisiens; il les accuse d'être moqueurs et railleurs, de considérer les provinciaux comme des ilotes. Nous rendrons, dit-il, un grand service à la France, nous la délivrerons de la tyrannie que font peser sur elle les Parisiens. » (*Histoire du Comte de Bismarck,* page 185).

On sait pourquoi M. de Bismarck n'aime pas les Parisiens. Pendant le siége, ils lui ont gagné des batailles qui, sans la trahison de Trochu, eussent été décisives.

Les Parisiens, il est vrai, se moquent peut-être un peu des provinciaux qui ne s'habillent pas selon la mode de Paris ; mais ils ne ne se croient pas au-dessus d'eux. Au contraire, quand un provincial achète quelque chose à un parisien, il arrive souvent que celui-ci dit à l'autre : « A votre service. » Se croit-on au-dessus de l'homme à qui l'on dit : « Je suis votre serviteur. »

Supposé qu'aux 4 Septembre et 31 Octobre 1870, les Parisiens aient fait et voté seuls le gouvernement de toute la France, y aurait-il là quelque chose qui ressemble à de la tyrannie? Tout le monde sait bien que la province ne sait pas voter; voyons. Si les provinciaux avaient voté alors, ils auraient peut-être, comme l'Autriche en 1866, fait la paix de suite, c'est-à-dire avant que les Parisiens eussent eu le temps de manger des rats. Une telle paix est dépourvue de poésie. De plus, quelques jours avant le 4 Septembre, la Révérende Mère Patrie est apparue aux Parisiens et leur a dit : « Mes chers fils aînés, faites de grandes choses et des choses épatantes ; faites des sorties torrentielles et mangez des rats. Si vous n'êtes pas certains que les provinciaux voteraient pour qu'on fasse de grandes choses et des choses épatantes, mettez les provinciaux en tutelle jusqu'au jour où ils sauront voter aussi bien que vous. Il n'est pas juste qu'on vous ôte l'occasion de manger des rats en mon honneur. Les provinciaux n'ont même pas le droit de vous obliger à les rôtir. Vous pouvez les manger tout crus, et même tout vivants. »

Les provinciaux sont trop bien traités par les parisiens ; ils sont gâtés, et il en résulte qu'ils se croient en toutes choses les régulateurs des parisiens. Ainsi, par exemple, il y a à Paris, en dépit de la loi qui les prohibe, dix écoles de garçons tenues par des femmes. Eh bien, en province on demande que ces dix écoles soient fermées, sous prétexte que les lois doivent être observées par les parisiennes, comme elles le sont par les provinciales. On ne veut pas voir qu'il y a une grande différence entre ces femmes. Les parisiennes sont très réservées : elles sont toujours voilées, toujours gantées et cachent soigneusement tous leurs appas aux jeunes garçons. Tandis que les provinciales enseignent à manches retroussées, et à robe tellement décolletée, qu'un jour, un jeune écolier a dit à l'une d'elles, en lui présentant un mouchoir :

Cachez ce sein que je ne saurai voir.

Malgré que les Parisiens ne tiennent guère à ces écoles, ils ne les fermeront pas, car enfin il est temps qu'on en finisse avec ces caprices d'enfants gâtés. Il est temps que les provinciaux sentent que s'ils avaient envie de manger la lune, les Parisiens ne seraient pas obligés de l'aller chercher pour eux.

—o—

M. de Bismarck a dit que nous sommes des Gaulois, c'est-à-dire coqs gaulois. Il y a le coq-faisan, le coq d'Inde, etc. Le coq Gaulois, c'est le citoyen français. — Nous sommes une variété de ces gallinacés que l'on plume et que l'on met à la broche. Tel est ce qu'on dit et ce qu'on pense de nous au pays des Teutons.

—o—

Une sentinelle prussienne a fait un pied de nez à une sentinelle française, pendant que celle-ci tournait le dos à l'autre. Tous les Prussiens en sont coupables, et si l'on m'écoutait......... Je n'en dis pas de plus, car je ne veux pas imiter la violence de la presse teutonique.

—o—

Si la Prusse déclarait la guerre à la France, ce serait la Prusse qui aurait les torts de cette guerre, puisqu'elle violerait la ligne de démarcation à laquelle elle a consenti par parole et par écrit.

Et si la France déclarait la guerre à la Prusse, ce serait de même la Prusse qui aurait les torts de cette guerre, puisqu'elle l'a rendue nécessaire en nous faisant de tous côtés des pieds-de-nez pendant que nous avons le dos tourné, et en ayant l'air de dire que nous sommes des coqs gaulois.

—o—

On ne sait pas apprécier les plaisirs et les avantages qui peuvent résulter d'une guerre avec la Prusse.

Si l'on faisait encore une guerre, accompagnée

ou suivie d'illuminations au pétrole, tous les an-
glais qui n'ont pas vu *flamber finances* accour-
raient à Paris pour assister à ce spectacle, et
donneraient un bon pourboire aux portiers de la
ville, aux garçons d'hôtels, aux cochers de fiacre,
aux ouvreuses des théâtres, etc.

Et si l'illumination était suivie du triomphe des
illumineurs, pense-t-on que ceux-ci n'éprouveraient
aucun plaisir? hein! Et pense-t-on qu'après avoir
savouré leur triomphe, ils n'éprouveraient aucunes
délices en jugeant eux-mêmes et sans débat contradictoire, s'ils ont des droits sur l'argent qu'ils
n'ont pas gagné, et sur les terres qu'ils n'ont ni
achetées ni défrichées? — Ils éprouveraient cent
fois plus de délices comme cela, que si cette affaire
était l'objet d'un débat contradictoire dans toutes
les règles, et jugée par des gens qui n'ont ni trop
ni trop peu de fortune pour gagner ou perdre au
change.

Si l'on ne déclare pas la guerre à la Prusse, l'on
ne verra peut-être pas le partage des biens. Si
l'on ne fait pas le partage des biens, les gens qui
ne veulent pas défricher de la terre et qui dépen-
sent toujours tout leur gain, sont exposés à n'avoir
jamais rien et à n'être jamais rien. S'ils ne sont

jamais rien, ils n'établiront jamais l'harmonie universelle. Et si on n'établit jamais l'harmonie universelle, les hommes auront toujours des défauts, et les femmes aussi.

Lille, imp. Vitez-Gérard, rue Nationale, 140.

www.ingramcontent.com/pod-product-compliance
Lightning Source LLC
Chambersburg PA
CBHW061447170626
46811CB00005B/2398